꽃이 길을 놓았을까

꽃이 길을 놓았을까

한상호 제3시집

스타북스

시인의 말

3년도 넘게 혼자 덤불을 헤집었습니다.
그러던 어느 날 눈부신 장미꽃 한 송이를
안았습니다. 그 장미꽃과 함께 한 지 사십여
년, 어느덧 영원한 것은 없다는 것을 아는
나이가 되었습니다. 가슴샘 더 마르기 전에
회억回憶해두고 싶습니다. 밀려올 파랑波浪을
의연하게 넘어서고 싶습니다.

가능한 짧게, 길어도 여섯 행을 넘지 않게
썼습니다. 시상을 떠올리는 데 도움이 되어준
핸드폰 사진도 몇 장 담았습니다.

한반도 안팎을 휘감는 바람소리가 시끄러운
이때에 나라 걱정을 하지 못하는 이런 시들을
내놓아도 괜찮은지 탈고하는 지금도 마음이
편치 않습니다.

　　　　　봄을 기다리며 聽海軒에서

꽃차 만들기

이 가을 다 가도 잊지 않으려
결 고운 수증기에
당신을 쪄냅니다

베보자기에
흠씬!
꽃물이 배입니다

한 잎 한 잎
메리골드
꽃차를 말립니다

시린 겨울이 와도
당신 만나고 싶은 그 마음에

목차

1 — 칼에게

2 ─ 의자이고 싶다

3 ─ 환상통

1
칼에게

춘분

언제
한번
같아질 수 있을는지요

제 뜨거움과
당신의 짧은 미소
그 길이가

산

내가 간다

너,
올 수 없으니

길

길을 묻지 않는다
새는

사랑도
그렇다

분침 分針

등 뒤로 다가와
옷깃 스쳐놓고

아무 일 아닌 듯
가버리는

너

고들빼기꽃

새하얀 꽃잔디 한가운데
노오란 꽃 한 송이
후벼파고 들어섭니다

당신도 그랬지요
열여섯
내 가슴에

칼에게 · 1

네 손
잡아 주고 싶었다

내 심장 겨누는 네 칼 끝

나는 그 손잡이라도 되고 싶었다

칼에게 · 2

나 이제
한 포기 명아주로 자라

그 손에
지팡이로 들리우고 싶다

칼에게 · 3

꿈을 꾼 후에

다시
꿈꾼다

너를 기다리는 죄
다시
짓겠다

홍매화

눈발 속
더는
어쩔 수 없어

밀어올리고 마는
저 예정된 절망의
희망

칼자루

속살 찢어
내 슴베* 꼬옥 품어주신 당신

그대 없으면
난
아무것도 아닙니다

*칼과 살촉 등에서 자루나 살대 속에
들어가는 부분

당목撞木*에게

큰 바람이나 일어야
속울음 우는
반벙어리

나는 범종입니다

지척에
당신 두고도

*절에서 종이나 징을 치는 나무 막대

대추꽃

아무도 모르라고

몰라도 괜찮다고

잎인 듯 줄기인 듯

붉어지면
알 거라고

손편지

마음뿌리 들뜰까
꾹꾹 눌러 쓰나봅니다

바람들어 숭숭해지면 어쩌나

풀칠해 접은 봉투입술
또
문지르나봅니다

물망초

신경 두어 가닥
끊어다
묻어두고 싶다

둥그런 네 가슴
그 언저리에

해당화

기꺼우리

백사장 맨발 백 리
데이고 또 데어도

너 향한
꽃불 한 촉
이리 붉으니

하조대 등대바위

해당화 붉은 오월
꽃 뛰어내리는 그곳
올라가 보셨나요

동지섣달 그 자리
피눈물 달고 서 있는 율구* 한 쌍
보신 적 있나요

*해당화 열매를 일컫는 영동지역 방언

인연

꽃이 길을 놓았을까

벌이 그랬을까

그대 있음에

솔
푸르니

단풍 더욱
곱다

2

의자이고 싶다

추분

단풍 이제 물들라
추분이 오면

당신께 향하는 제 송구함과
아직 맑은 당신 미소 그 길이가
이윽고 이윽고
맞닿고 있을는지요

따라 우는 새

숲 속에 들어가
홀로 운다

어디엔가 홍방울새 하나

다 울도록 한마디 묻지 않는다

걸어 나오는 어스름 숲
환!하다

미소

참
아름다워라

소리 없는
너

반려
−귀향 신고

산 속 소나무 하나
앞뜰로 옮겼더니

아무 말 않고

따라오는
달님

의자이고 싶다

언제부터
너
혼자였니

파도만 불러들이는
하조대 백사장
등 시린 장의자 하나

철쭉꽃 필 때

그대 두 눈
꼬옥
감았고

연보라 수줍음은
제 입술로
가렸지요

생일 선물

먹어 주고 싶다
대신

아내 나이 한 살

데칼코마니

당신인 듯
나인 듯

마흔여 성상

구겨진 자리까지
그대로 닮은

떠날 때야 알았다

너를 떠날 때야
나 알았다

떨켜!

아픔 없이 보내려는
너의 보드라운 정 떼기를

오동도

오동나무 세상 뜨자
봉황 떠난 이 섬에

동백꽃 홀로 흐느끼고 있다

몸을 던져 몸을 지킨
한 어부의 아내가

아직 붉게 울고 있다

야래향 夜來香

소슬바람 속
신기루를 보았나봅니다

잊혀졌던 향기 해거름에 다가와
밤새 가슴팍 잘싹, 잘싹이더니

새벽이슬 나리려나
스윽, 사라집니다

눈부처*

그 자리에
너 늘
그렇게 있으면

난
어찌니

*눈동자에 비치어 나타난 사람의 형상

여름밤

아련한 이름 하나
그저 되뇌어보았는데

어스름 모깃불로
불나방 하나
뛰어든다

풍장風葬

비 맞은 벚꽃 잎들아
다 못한 이별아

태우거라
태워 버리거라!

풍장風葬 세월
너무나 기나니

용불용설用不用說

자꾸
가늘어지는

그리운
힘줄

못다쓴시

낙엽 다 진 계절에
아로니아 불쑥!
꽃 한 뭉치 피웠습니다

못 다 쓴
봄 시 한 편 있었나봅니다

문신 文身

정면으로 태양을

사랑한

네 죄

밤 태양

동지섣달 칠흑 대낮*에

밤 훤히 밝힐
하지 태양 하나 기다리는

절름발이 그 사랑

*백야와는 반대로 대낮에도 해가 뜨지 않는
 극야 현상

3

환상통

첫눈

하이얀 수녀복을
지난밤이 몰래 꺼내 입었다
고이 다려 깊게 깊게 넣어둔 그 옷

커튼 밖엔 느낌표 몇
아직 사그락거리고

아무도 다녀가지 않은 발자국 몇 잎

기일룬日

오늘따라 참 그립습니다

웃자랄까 가만가만
어깨 눌러주시던

큰 손

어디 갔을까

코 길어질까
전전긍긍

불면의
그 밤들

못 다 빈 용서

봄바람도

꽃

할퀸다는데

상처꽃

흉터라 부르지 마시게
아물어 단단해진 그 상처를

상처 없이 피는 꽃
세상 그게 어디
꽃이랴

야생화

미안하다
야생화라 부르려니

태초엔 너나없이

우리 모두
들판을 헤매이던 것들

화해

꽃이라고 보니

뽑아 버릴 풀이 없네

의상대 노송

벼랑 틈새 움켜잡고
한 평생
버티시는구려

경사진 이 세상
몸
꼿꼿이 세워

고산병 · 1
−메이리 설산*에서

뜬구름이 앓는 병

비 되어 내려야
비로소
낫는

*히말라야 동쪽 끝단 중국 윈난 성에 있는
 해발 6740미터 설산

뼈 깎는 이들

눈 내려 유독 푸른 의상대 노송
절벽 위 걸터앉아
조는 홍련암

등 돌린 해수관음 독경 소리에
정암리 바닷가*엔
뼈 깎는 이들

*낙산사 북쪽 마을에 있는 몽돌해변

돌탑

마음 한 조각
내려놓으려

한 층

또다시
쌓아올리는

환상통·2

봄
기척에

꽃 질 게
아프다

붉어짐

우러르면,

부끄럽지 않은 얼굴 어디 있으랴
송구스럽지 않을 마음 또 어디 있으랴

가두어둘 줄 모르는
흘림골* 계곡도
저리 붉은데

*설악산 오색령에 있는 계곡

범부凡夫

제 이름 하나 제 손으로
짓지 못하네

평생

결국

남자의 일생
−착각

눈을 떠야만 보는 줄 알았네

뜨고만 있으면
다
보일 줄 알았네

태양으로 알고 살아오네
뿌연 저 해무리를

아!

해풍 한 줄기에

쇠잔해진

매미

울음

고해성사

낙타 한 마리
땀 흘리고 있습니다

바늘귀 한번 통과해볼까
저리도
진땀을 빼고 있습니다

뒷짐

아무래도
외로운가 봅니다

한 손으로
남은 길 가기가

갈 길

현관문 앞 통로 바닥에
스을쩍 밀어 내놓은
다 먹고 난
배달그릇

등급 잘 받은 노인네 한 분
요양원차에 실리다

마라도 가는 길

뒤돌아보니

길이란,

뱃고물 따라나서는

물보라의

무덤

백야에

하이얀 밤
이제 겨우
지샌 듯한데

언제
불쑥! 닥치려나
칠흑 그 대낮*은

*극야極夜 현상

나시 족* 무덤 · 1

인가人家에서
몇 발짝 거리에 있다

삶과 죽음 그 간격
그들은 안다

*중국 윈난 성 고산지대에 사는 한 소수민족

나시 족 무덤 · 2

한 켜 한 켜 쌓아 올린 사각 돌무덤
그 앞쪽 한가운데 떡!하니
대문이 있다

죽어도

아주 죽지 않음을
그들은 안다

나목

이제라도
당신을 사랑하십시오

함부로 지는 건 없습니다
봄도
겨울도

꽃 진 자리

이제

다

이루었다*

*요한복음에서 발췌

짧고 정갈한 시의 매력을 극대화하다

이승하(시인, 중앙대 교수)

　　해설을 구구절절 쓰면 시의 맛을 떨어트리는 경우가 있다. 시 한 편이 그대로 독자의 가슴에 와 닿을 때, 제3자의 해설은 군더더기 말이 되기 쉽다. 한상호의 시는 아주 짧고 쉬우며, 일부 사진이 그 시의 내용을 보충 설명해 주고 있으니 해설의 글은 췌언贅言에 지나지 않는다.

　　일면식도 없는 한상호 시인의 시집 해설을 덜컥 쓰기로 마음먹은 이유는 오직 하나, 시가 짧아 호기심이 동했기 때문이다. 게다가 시편이 하나같이 정문일침이요 촌철살인이다. 대한민국에 시인이 많고 많지만 필자의 기억으로는 시를 이렇게 짧고 정갈

하게 쓰는 시인은 없었다. 한상호 시인의 시는 시조
와는 다른 매력이 있고 일본의 하이쿠와도 다르다.
제일 앞머리의 시부터 보자.

언제
한번
같아질 수 있을는지요

제 뜨거움과
당신의 짧은 미소
그 길이가
—「춘분」 전문

　두 연으로 이루어져 있다. 앞의 연은 별다른 내
용이 없지만 독자에게 '무엇이?'라는 궁금증을 안긴
다. 춘분은 24절기 중의 하나인데 낮과 밤의 길이
가 같다. 바로 이곳이 한상호 시인 특유의 상상력이
발휘되는 지점이다. 서로에 대한 관심의 정도가 언
제면 같아질 수 있을까, 간절한 바람을 이야기하고
있다. 화자의 당신에 대한 열망은 길고 긴데 당신은
짧은 미소만 보여줄 뿐이다. 낮과 밤의 길이가 같아
지는 춘분처럼 당신과 나의 기대가 서로 같아지길
바라는 연애감정을 담은 이런 시가 거의 절반에 달

한다.

「길」이란 시도 앞의 연은 별다른 내용이 없다. 그렇다고 해서 첫 연을 읽는 동안 긴장을 놓아서는 안 된다. 한상호 시인의 시적 전략은, 말하고 싶은 것을 유보해 둔 채 앞 연에서는 그것을 숨겨 둔다. 몇 자 안 되는 시 한 편에 고도로 계산된 언어를 담아 내려는 것이다.

길을 묻지 않는다
새는

사랑도
그렇다
―「길」 전문

앞 연에서는 당연한 말을 했지만, 뒤의 연에서는 그러한 당연함을 사랑의 특성으로 전화轉化한다. "사랑도/ 그렇다"고. 길을 묻지 않는 새처럼 사랑도 어쩌면 길 없는 막막함 속에서 둘만의 행로를 찾아가는 것이라고 시인은 말하고 있다. 제목이 '산'이거나 산을 다룬 시는 숫자조차 헤아릴 수 없지만 "내가 간다// 너,/ 올 수 없으니"(「산」)라는 표현은 처음 본다. 산을 내게 올 수 없는 '너'의 의미로 보는 시편은 '낯선' 것이다. 그렇게 볼 때 이 시는 연애시이지만, 산의 부동不動의 이미지가 만만찮아서 시의 의미를 고정하는 일은 섣부른 일일 수도 있다. 산을 의인화한 이 시가 연모의 대상을 그린 것인지 아닌지는 독자의 판단에 맡길 일이지만 이 시집에 실린 대다수의 시가 연애시이고 보니 이 시도 달짝지근한 맛이 느껴지는 건 어쩔 수 없다.

예컨대 이런 시를 보자. 고들빼기 하면 그 떨떠름하고 쌉쌀한 맛이 군침을 돌게 하여 입맛을 다시게 되는데, 시인에게는 고들빼기의 맛과 영양가가 중요한 것이 아니다. 그 꽃이 화자의 가슴을 후벼 파고, 들어선다는 것이 이 시의 통점이자 기쁨이 피어나는 지점이다. 새하얀 꽃잔디 한가운데로 후벼 파고 들어선 노란 꽃 한 송이는 화자의 사춘기 사절, 마음을 사로잡았던 한 소녀의 객관적 상관물이다.

새하얀 꽃잔디 한가운데
노오란 꽃 한 송이
후벼파고 들어섭니다

당신도 그랬지요
열여섯
내 가슴에

인터넷에 들어가 자료를 찾아보니 고들빼기는 국화과이고 노란 꽃이 참 예쁘다고 한다. 흰색 꽃들이 흰 교복을 이르는 것이라면, 노오란 꽃인 당신은 흰 꽃들 속에서 분명 눈에 띄었을 터. 그런데 하필 당신을 고들빼기꽃으로 비유한 발상은 독자에게 여러 생각을 하게 한다. 그 꽃이 화자의 가슴을 후벼 팠다는 사실 하나만으로 연모의 감정을 모두 설명할 수는 없을 것 같다. 혀끝을 아리게 하는 고들빼기의 맛과, 화자의 가슴을 후벼 파는 고들빼기꽃을 생각해 볼 때 그러하다. 그런데도 화자는 가슴을 후벼 파고 들어섰던 당신을 지금도 그리워하고 있다. 꽃을 노래했지만 아래의 시는 연애시로 볼 수 없다.

눈발 속
더는
어쩔 수 없어

밀어올리고 마는
저 예정된 절망의
희망
—「홍매화」 전문

흔히 홍매화는 인고忍苦의 상징으로 알려져 있다. 순천시 매곡동 탐매마을의 홍매화 축제가 유명한데, 그곳에 가보면 추위 속에서 피어난 꽃들 앞에서 넋을 잃게 된다. 긴 겨울 북풍한설을 견디고 견디다 봄소식을 열렬히 전하는 홍매화의 아름다움을 그려낸 시는 중국 한시에도 우리 옛시조에도 많았지만 시인은 "밀어올리고 마는/ 저 예정된 절망의/ 희망"이라고 하였다.

이 시에서 가장 중요한 시어는 "마는"이다. "마는"에 연결되는 것이 "저 예정된 절망의/ 희망"이다. '눈발'이라는 절망이 오히려 꽃을 피워 올리는 희망으로 작용하는 겨울 속의 개화 장면은 아름답기 이를 데 없다. 흰 눈발 속에서 꽃잎을 펼치는 홍매화의 자태를 떠올려 보면, 세상의 모든 희망은 절망의 끝에서야 만날 수 있는 홍매화 같은 것일지도 모른다. 추위 속에서 몸 떨며 피어난 꽃을 희망으로 바꿔 받아들이는 화자의 마음은 곧 우리 모두의 마음이기도 하다.

「대추꽃」「물망초」「해당화」「동백꽃」「철쭉꽃」 등 꽃을 다룬 시가 꽤 되는데, 대체로 연모의 감정을 담아내고 있다. 인간에게 사랑의 감정은 가장 기본적인 생존욕구에 속한다. 나이와 지위, 외모에 상관없이 누구나 갖고 있는 보편적인 감정이다. 그러므

로 한상호 시인의 남녀상열지사를 읽으면서 시인의
마음(!)이 여전히 청춘이라고 생각되는 일은 조금도
이상한 일이 아니다. 이제 조금 다른 소재의 시를
살펴보고자 한다.

　　네 손
　　잡아주고 싶었다

　　내 심장 겨누는 네 칼끝

　　나는 그 손잡이라도 되고 싶었다
　　ー「칼에게 1」 전문

　　나 이제
　　한 포기 명아주로 자라

　　그 손에
　　지팡이로 들리우고 싶다
　　ー「칼에게 2」 전문

　　꿈을 꾼 후에
　　다시
　　꿈꾼다

너를 기다리는 죄
다시
짓겠다
—「칼에게 3」 전문

    칼을 대상으로 한 이 시에서 시인은 칼의 어떤 속성을 다루고 있는가. 흉기? 살상? 피? 다 아니다. 1번 시의 의미 지점은 '잡는다'는 표현이다. 칼 끝 손잡이라도 되어 너의 손에 잡히고, 그 칼이 나의 심장을 향할지라도 너를 사랑하겠다는 이 간절한 소망은 죽음만큼 깊은 것이다. 그러나 그 누구도 그렇게 하지 못하는 현실 속에서 이 세상의 모든 사랑은 마음뿐인 한낱 짝사랑에 불과할지도 모른다.

    2번 시에서도 중요한 것은 '그 손에 들린다'는 것이다. 청려장靑藜杖이라는 것이 있다. 명아주라는 1년생 풀의 줄기로 만든 가볍고 단단한 지팡이로, 건강과 장수의 상징으로 알려져 있다. 나이 들면 지팡이가 되어서라도 그대의 손을 잡아 주고 싶다고 화자는 고백한다.

    나아가 3번 시에서는 사랑을 위해 죄를 짓겠다고 결심한다. 꿈은 '이루어질 수 없는 희망' 같은 것인데 꿈을 꾼 후에 다시 꾸겠다는 것은 다시 태어나도 너를 향한 마음을 영원히 접지 않겠다는, 언젠가는 그 사랑을 이루고야 말겠다는 뜻이다. "너를 기다리는 죄"는, 하냥 기다리는 일은 죄가 될 수 없으나 거기에 너를 포기하지 않겠다는 뜻이 숨어 있기에 이 사랑은 보통 사랑이 아니다. 목숨을 건 사랑이다. 다치더라도, 목숨을 잃더라도, 사랑을 이루고 싶다는 뜻이다.

> 속살 찢어
> 내 슴베 꼬옥 품어주신 당신
>
> 그대 없으면
> 난
> 아무것도 아닙니다
> ―「칼자루」 전문

당신은 나의 슴베(칼과 살축 등에서 자루나 살대 속에 들어가는 부분)를 꼭 품어주었는데, "속살 찢어" 품어주었다고 했다. 이 대목은 해석하기 나름이겠는데, 해설자는 아주 에로틱한 장면을 연상하고 만다. "신경 두어 가닥/ 묻어두고 싶다// 둥그런 네 가슴/ 그 언저리에"(「물망초」)를 기억하는 독자라면 이 시 또한 『춘향전』의 어떤 장면을 연상하면서 낯을 붉히게 될 것이다. 이런 시를 읽다 보면 시집 내고 나서

아내한테 구박을 꽤 받지 않을까, 걱정하는 분이 있을 법도 한데 다음과 같이 안전장치를 해두고 있다.

먹어 주고 싶다
대신
아내 나이 한 살
　　　　┌「생일 선물」 전문

　시인의 위트와 유머에 미소를 짓지 않을 수 없다. 지금까지 10편 정도의 시를 감상해 보았는데, 앞에서도 말했지만 정문일침이요 촌철살인이다. 절대로 긴 말을 하지 않는다. 한 마디를 해도 단문으로 하고, 서술형 종결어미를 사용하지 않고 명사로 끝내기도 한다. 짧은 시의 매력을 극대화하고 있는 것이다.

　국내에서 짧은 시 쓰기 운동을 점화시킨 이는 시인 겸 문학평론가인 최동호 씨다. 제자들이 시단에 나가 열심히 활동하는 것은 좋은데, 시가 아주 난해해지고 길어지고 산문화 되는 데 대해 회의의 시각을 갖고 있던 그는, '신서정'이라는 용어를 쓰면서 우리 시의 본령이 원래 그런 것이 아니었다고 주장하기 시작했다. 여러 편의 평문을 통해 시의 서정성 회복은 짧게 씀으로써 가능하지 않겠느냐고 주장했는데, 그는 거기에 그치지 않고 본인이 운영하는 서정시학사를 통해 시집을 시리즈로 펴내기에 이른다. 기존의 '서정시학 시인선' 말고 '서정시학 서정시' 시리즈가 지금까지 140권 넘게 나왔다. 이왕이면 짧은 시를 시집으로 묶는 '짧은 시 쓰기 운동'을 전개하면서 본인도 『수원 남문 언덕』 『제왕나비』 같은 시집을 냈다. 한 쪽을 넘는 시는 웬만하면 쓰지 말자는 것이 '서정시학 서정시'의 모토인 것 같다.

2007년에 창간시집 『내 안에 움튼 연둣빛』을 낸 '작은詩앗 채송화' 동인은 나기철·복효근·오인태·윤 효·정일근·함순례 6명이었는데, 지금은 김길녀·나혜경·오성일·이지엽 시인이 가세하고 기존 멤버 중 정일근 시인이 빠져 9명인데, 어언 21호를 냈다.

동인들은 물론 시를 짧게 쓰고 있고, 문예지에 짧은 시를 재수록하며, 기성시인들에게 짧은 시를 청탁해서 싣고 있다. 문학평론가들에게 매호 응원의 글도 청탁해 싣고 있다. 그야말로 스스로를 시의 채송화라고 생각하면서 짧으면 1행, 길어도 10행을 넘지 않는 시를 쓰고 있고 이런 시 쓰기 운동을 전개하고 있다. 하지만 이들의 운동이 큰 반향을 불러일으키지는 못하고 있다. 일반적으로 메이저급이라고 손꼽히는 문예지에 실리는 시편, 또 연조가 깊고 규모가 큰 출판사에서 펴내는 시집에 실려 있는 시는 여전히 20행 이상이 대부분이다. 연을 나누고 있지만 산문시에 가까운 시편이 또한 대종을 이루고 있다.

안 그래도 시는 다른 장르에 비해 함축적이고 애매성을 지니고 있어서 소통에 어려움이 있는 장르다. 여기에 온갖 은유와 환유, 상징과 역설이 들어가서 이해하는 데 장벽이 있는데 아래로 문장이 계속 이어지거나 옆으로 죽 길게 쓰는 산문형이면 독자는 그만 시 읽기를 점점 힘들어하고 결국은 포기하고 만다. 시 독자의 이탈은 사실 시인이 책임져야 할 부분이 크다.

그런 현실로 미루어볼 때 한상호 시인의 이와 같은 시는 자기고집의 발현이고 자기시론의 입증이다. 물론 모든 시가 다 높은 성취를 보이고 있는 것은 아니다. 평이한 상상력과 뻔한 비유는 '작지만 단단한' 시가 아니라 '작고 가벼운' 시가 되고 만다. 그래서 시인의 지금의 시도는 실패와 성공의 갈림길에 서 있다고 보아야 할 것이다. 그러나 한상호 시의 가능성은 짧은 시의 성공 확률이 매우 높다는 점이다. 수준 높은 작품을 몇 편만 더 예로 들어 보겠다.

현관문 앞 통로 바닥에
스을쩍 밀어 내놓은
다 먹고 난
배달그릇

등급 잘 받은 노인네 한 분
요양원차에 실리다
—「갈 길」 전문

    요양병원의 수가 급격히 늘고 있다. 듣자 하니, 치매환자와 파킨슨병 환자의 수도 늘고 있어서 의료보험 혜택을 주어야 하느니 마느니 말이 많다. 고령화 사회가 되다 보니 노인이면서 환자인 사람들이 많아지고 있는 사회현상에 시인은 주목하였다. 치매 여부가 등급에 큰 영향을 주는 것은 아니라고 한다.
    1~5등급은 거동이 얼마큼 불편하냐는 정도로 나누어진다고 하는데, 이 시에 나오는 노인네가 등급을 잘 받았다는 것은 아마 거동이 많이 불편한 쪽으로 등급이 매겨졌다는 뜻일 것이다. 그렇게 되어야만 사회보장을 잘 받게 되어 개인 부담이 줄어들 것이므로. 그렇다면 등급 잘 받은 노인네 한 분은 어떤 신세인가? 제1연에 나오는 "다 먹고 난/ 배달

그릇"을 비유의 대상으로 삼았다. 그런데 우리 인간의 "갈 길"이 바로 "현관문 앞 통로 바닥에/ 스을쩍 밀어 내놓은" 배달그릇 신세요, "요양원차에 실려" 가는 환자인 것이다. 어느 누군들 이런 질환을 비켜가고, 질병의 고통 없이 '문득' 죽을 복을 누린다고 장담할 수 있을까. 이 시는 제목과 제1연과 제2연이 3위1체를 이루고 있다. 세상의 모든 꽃을 '상처꽃'으로 명명한 이런 시는 또 어떤가.

흉터라 부르지 마시게
아물어 단단해진 그 상처를

상처 없이 피는 꽃
세상 그게 어디
꽃이랴
―「상처꽃」 전문

세상의 모든 꽃뿐만 아니라 모든 생명체의 특성을 상처로 보았다. 나무에 봉오리가 맺히고 그 봉오리가 꽃으로 피어나는 것이 상처를 세상에 드러내는 것이라고 한다. 상처 없이 피는 꽃이 없다고 하지만 확대해서 생각하면 생명체가 그 생명을 유지하는 것 자체가 상처가 누적되는 일이요, 상처 없이는 이 세계와 타인을 이해할 수도 없으니 상처는 나의 삶에 타인이 작용하여 삶이 뭔지를 가르쳐 주는 마음의 흉터일지도 모른다. 어느 인생을 들여다봐도 다 우여곡절이 있고 대체로 파란만장하다. '상처꽃'이라는 합성어 자체가 인상적이다. 다시 연애시를 한 편 읽자.

> 그 자리에
> 너 늘
> 그렇게 있으면
> 난
> 어쩌니
> ─「눈부처」 전문

서정주 시인은 눈이 부시게 푸르른 날은 그리운 사람을 그리워하자고 했지만 한상호 시인은 보고 싶다느니 그립다느니 하는 말을 하지 않는다. "난/ 어쩌니"라고 말한다. '보고 싶어 죽겠다'나 '보고 싶어 미치겠다'는 통속적인 표현 대신 "난/ 어쩌니"라고 끝맺는 기법, 멋지다. 시의 여운을 마음껏 즐기게 된다.

시인의 이력을 찾아보니 강원도 양양 출생으로, 연세대학교 중어중문학과를 나왔다. 당시唐詩를 공

부했을 터인데, 시가 언어의 정제整齊임을 거기서 배운 것일까. 제1시집 『아버지 발톱을 깎으며』에는 그래도 두 쪽에 걸쳐 전개되는 시가 꽤 되는데, 제2시집 『단풍 물들 나이에야 알았다』에는 짧은 시가 확실히 많아진다. 제2시집의 시 2편을 본다.

  길고도 굽은 세월
  그리 그윽하더니

  하나가 되었구나
  너희
  ─「수평선」 전문
  바람 소슬해지니

  가시 돋친 네 마음도 열리는구나
  ─「밤송이」 전문

  '수평선'이라는 대상에 대해, '밤송이'라는 사물에 대해 해석하는 솜씨가 예리하고 날렵하다. 시인이 이 세계를 해석해 주는 덕분에 우리는 수평선과 밤송이에서도 인간의 마음을 본다. 그것은 시인의 마음이기도 하고, 우리가 알지 못하는 수평선과 밤송이의 마음일 수도 있다. 시인은 무심하게 놓여 있는 세상의 모든 사물에 생명을 불어넣는 존재다.

한상호 시의 가능성은 이렇게 짧은 시로 어느 정도 증명이 되었다. 앞으로도 이렇게 단형의 형식에 이 세계를 담아내길 바라면서, 우리의 시조에도 관심을 가져보시라는 해설자의 욕심과 기대감을 덧붙인다. 한시에 오언절구, 칠언절구, 오언율시, 칠언율시 등 다양한 형식이 있듯, 우리 시조에도 단시조, 연시조聯詩調, 엇시조, 사설시조가 있으니까.

이번 시집의 시편들은 예외 없이 한눈에 들어온다. 미래파 시인들이 주저리주저리 말을 많이 늘어놓아 독자들이 호기심으로 대하다가 떠나버린 사실을 시인들이 잊어버려선 안 된다. 시는 운문이요 운문은 가락이 있어야 한다. 가락, 운율, 율격, 리듬감 다 비슷한 말이다. 말을 파괴하는 일에 시인이 앞장을 선다는 것은 그야말로 말이 아니다. 말도 안 된다. 하지만 한 시인이 경계해야 될 것은 앞에서도 언급했지만 가벼움이다. 시는 농담이나 재담과는 다른 차원에서 깊이를 길어 올려야 한다. 언어와의 싸움이 더욱 치열해지지 않는다면 짧은 시는 자칫 광고 문안만도 못한 것으로 전락할 수 있음을 항상 기억하기를 바란다.

한상호 제3시집
꽃이 길을 놓았을까

초판 1쇄 발행 2020. 1. 10
초판 2쇄 발행 2021. 11. 5

지은이 한상호
펴낸이 김상철
펴낸곳 스타북스
등록번호 제300-2006-00104호
주소 서울시 종로구 종로 19 르메이에르종로타운 B동 920호
전화 02-735-1312
팩스 02-735-5501
이메일 starbooks22@naver.com

ISBN 979-11-5795-493-3 03810

값 12,000원